O Moleiro, o Menino e o Burro

Um dia, o moleiro chamou seu filho para acompanhá-lo ao mercado do povoado vizinho, para vender o seu velho burrico.
— Precisamos de um burro novo para trabalhar no campo, e partiremos antes de o sol raiar, filho — disse o pai.

— MAS FAZ MUITO CALOR E A VIAGEM É LONGA, PAI! — RETRUCOU O GAROTO.
— EU SEI, MESMO ASSIM, NINGUÉM PODERÁ MONTAR NO ANIMAL. NÃO É BOM QUE PERCEBAM QUE O BURRO ESTÁ VELHO E CANSADO DEMAIS. SENÃO, QUEM PAGARÁ UM BOM PREÇO POR ELE?

NO DIA SEGUINTE, ANTES MESMO DE AMANHECER, O AGITO JÁ ERA GRANDE NO ESTÁBULO. TODOS OS ANIMAIS PERCEBERAM A MOVIMENTAÇÃO, EXCETO O BURRO, QUE CONTINUAVA TRANQUILAMENTE COMENDO O SEU FENO DE CADA DIA.

ASSIM QUE BRILHOU O PRIMEIRO RAIO DE SOL, PAI E FILHO SE DESPEDIRAM DO RESTO DA FAMÍLIA E SEGUIRAM PELA ESTRADA.

O BURRO MAL PODIA ACREDITAR NO QUE ESTAVA ACONTECENDO. PELA PRIMEIRA VEZ NA VIDA, SENTIA-SE LIVRE, LEVE E (QUASE) SOLTO! POIS NÃO CARREGAVA NADA E NEM NINGUÉM NO LOMBO!

ALGUNS QUILÔMETROS À FRENTE, AVISTARAM UNS VIAJANTES. O HOMEM PENSOU EM OFERECER O BURRO A ELES MAS, AO SE APROXIMAR, OUVIU:
— QUE TOLOS! — DIZIA O MAIS ALTO.
— ELES TÊM UM BURRO E VÃO A PÉ! — FALAVA, E RIA, O DA DIREITA.

— O MAIS BURRO DOS TRÊS NÃO É QUEM SE ESPERARIA! — GARGALHAVA O TERCEIRO.

O PAI NÃO GOSTOU DA GOZAÇÃO E MANDOU O FILHO MONTAR NO BURRO. ASSIM, LÁ SE FORAM OS POUCOS MINUTOS DE BOA VIDA DO ANIMAL.

MAIS ADIANTE, ENCONTRARAM COM TRÊS COMERCIANTES. O MOLEIRO JÁ PENSAVA EM COMO CONVENCÊ-LOS A COMPRAR O BURRO, QUANDO UM DOS SENHORES COMENTOU:
— ORA, ORA... MAS O QUE TEMOS AQUI?!
— VOCÊ NÃO APRENDEU A RESPEITAR OS MAIS VELHOS, MEU JOVEM? — QUESTIONOU O OUTRO.

— DESÇA DESSE BURRO E DEIXE O SEU PAI MONTAR NELE. VOCÊ É JOVEM E PODE IR A PÉ — COMPLETOU O TERCEIRO.

EMBORA AINDA NEM ESTIVESSE CANSADO, O HOMEM NÃO TEVE OUTRA OPÇÃO A NÃO SER MANDAR O FILHO DESCER DO BURRO PARA QUE ELE PUDESSE SUBIR.

UM POUCO MAIS ADIANTE, PASSARAM POR UM GRUPO DE MULHERES QUE CARREGAVAM CESTOS DE HORTALIÇAS E FRUTAS.

— OLHEM AQUILO! — EXCLAMOU UMA DELAS.

— VEJAM SÓ QUE PAI FOLGADO! A POBRE CRIANÇA ESTÁ ANDANDO A PÉ, CANSADA E SUADA, ENQUANTO O ADULTO FICA FEITO UM REI, SENDO LEVADO PELO BURRO!

— ISSO É DESUMANO — DISSE OUTRA.
— ESSE HOMEM NÃO TEM CORAÇÃO! — EMOCIONARAM-SE ALGUMAS.
O MOLEIRO, MUITO ENVERGONHADO, PEDIU AO FILHO QUE MONTASSE ATRÁS DELE NO BURRO. O MENINO OBEDECEU AO PAI, E OS DOIS CONTINUARAM A VIAGEM NO LOMBO DO ANIMAL.

MAIS À FRENTE, OUTRAS PESSOAS OS INTERROMPERAM COM INDIGNAÇÃO.
— O QUE ESTÃO FAZENDO? QUEREM MATAR O POBRE BURRINHO? NÃO PERCEBEM QUE VOCÊS TÊM MAIS CONDIÇÕES DE CARREGÁ-LO DO QUE ELE DE LEVAR OS DOIS NO LOMBO?

ENTÃO, PAI E FILHO DESCERAM DO BURRO, AMARRARAM SUAS PATAS EM UM LONGO CABO DE MADEIRA E O TRANSPORTARAM SOBRE OS OMBROS. A CENA ERA ESTRANHA E LOGO SE FORMOU UMA MULTIDÃO PARA VER O BURRO SER CARREGADO. CLARO QUE ELE NÃO SE IMPORTAVA, POIS ATÉ QUE ESTAVA CONFORTÁVEL!

MAS QUANDO AS PESSOAS COMEÇARAM A RIR E ZOMBAR DELE, O BURRO NÃO GOSTOU NADA.
— ALGUÉM AQUI PODE ME DIZER QUAL DOS TRÊS É O MAIS BURRO? — PERGUNTOU ALGUÉM EM TOM DE GOZAÇÃO.

O BURRICO DESATOU A RELINCHAR E DAR COICES ATÉ QUE SE SOLTOU. EM LIBERDADE, EM VEZ DE FUGIR, EMPACOU. NÃO HAVIA QUEM O FIZESSE ANDAR EM DIREÇÃO AO MERCADO. O MOLEIRO PUXAVA, O MENINO EMPURRAVA, MAS ELE CONTINUAVA NO MESMÍSSIMO LUGAR.

E, NO MEIO DA CONFUSÃO, O TEMPO PASSOU, O DIA ESCURECEU E O MERCADO FECHOU. PAI E FILHO NÃO TIVERAM OUTRA SAÍDA A NÃO SER VOLTAR PARA CASA. AO PERCEBER QUE RETORNARIA COM SEUS DONOS, O BURRO VOLTOU A CAMINHAR. E O MOLEIRO, QUE QUIS AGRADAR A TODOS, NÃO CONTENTOU NINGUÉM, NEM A SI MESMO.